阅·诗生活

《阅·诗生活》诗歌比赛作品集 2017

Poetic life

主编：麦子

文学顾问：舒国治　戴蓓

长江出版传媒

长江文艺出版社

图书在版编目（ＣＩＰ）数据

阅·诗生活 / 麦子主编.-- 武汉：长江文艺出版社，2018.9
ISBN 978-7-5702-0539-4

Ⅰ.①阅… Ⅱ.①麦… Ⅲ.①诗集－中国—当代
Ⅳ.①I227

中国版本图书馆 CIP 数据核字(2018)第 167533 号

责任编辑：谈　骁　　　　　　责任校对：陈　琪
装帧设计：禮孩書衣坊　　　　责任印制：邱　莉　　王光兴

出版：　长江出版传媒　　长江文艺出版社

地址：武汉市雄楚大街 268 号　　　邮编：430070
发行：长江文艺出版社
电话：027—87679360
http://www.cjlap.com
印刷：广州商华彩印有限公司

开本：640 毫米×960 毫米　　　1/16　　印张：6.625　　插页：4 页
版次：2018 年 9 月第 1 版　　　　　2018 年 9 月第 1 次印刷

定价：29.00 元

《阅·诗生活》诗歌比赛评委及顾问：
作家　舒国治
《阅生活》出版人、设计师　麦子
新浪家居总编　戴蓓

《阅·诗生活》诗歌比赛组委会：
会长：麦子
秘书长：庄承浩　谢锐标
设计总监：吴哲良

承办机构：
《阅生活》杂志
新浪家居

目录
CONTENTS

序

| 麦子

　　2017年入秋后一个很普通的下午，无事闲聊，新浪的老庄突然提出做一个关于"阅·诗生活"的活动，由阅木居的我来策办。我几乎毫不犹豫就答应下来。事过俩月，想起都觉得不可思议（但还是万分的荣幸），我竟然忽视了两大障碍。首先，作为设计师与企业的管理者，时间与精力是一大考验；其次，我不是诗人，充其量也只能算是文字爱好者（一直认为只有诗人才有资格去策划一场关于诗与生活的盛会）。但一向率性的我，做出如此鲁莽的决定，原因之一是，老庄居然邀请到著名作家舒国治先生参与，还有就是本人真心喜欢诗歌，到底喜欢到什么程度，我一时说不清，只是读到诗人的来稿时，我会忧伤，我会喜悦，我会无奈，也常常发出会心的微笑。

……
一只猫眯着眼
在计算阳光的屋檐的夹角

在花树下的圈椅里打盹的老人
梦见了自己年轻的模样
　　——阅·诗生活比赛作品《一个春日午后的速写》

　　工作很忙，时间仿佛永远都不够用，这是我给所有朋友的基本印象，当不经意地告诉他们（往往带点不好意思）我偶尔也会写写诗，朋友们都是表情错愕，觉得不可思议。时常感到无比焦虑与困惑的我，又何尝不觉得这难以想象呢！我很感谢自己一路走来对于这份喜爱的坚持与坦诚。是什么让我持有这份坚守与坦诚？现在看回去，似乎发现了自己潜藏已久的秘密：一个关于孤独，一个关于欲望。我常常这样想，人的孤独与欲望仿佛与生俱来，无论你是一个和尚还是一个设计师，无论你在潜心修行还是忙碌营生，爱也许盲目，但欲望却不。很多时候生活就像写诗一样，你必须一个人去忧伤，一个人去书写，制造一个精神富足的灵魂和一首触动心田的诗，除了盲目的爱、明确的欲望，还应该有无边的孤独。这么多年的职业生涯里，我屡屡尝试用诗歌与设计的语言，去面对自己内心的欲望与孤独，不抵抗，不逃避，借此希望修炼出一双平静的眼睛，温柔地凝望自己，然后发现孤独与欲望并不可怕。

　　很多时候，我都觉得自己是羞于表达情感的人，有时鼓起勇气用语言去表达，却往往适得其反，但借助诗的文字，借助一种近乎喃喃自语的腔调，仿佛就可以与世界融为一体，无比自信，坦诚相对，从而勇敢地面对自己的存在与消失、慈悲与愤怒，达至禅宗般的自在超脱，看见生命的花开。

　　对，我想我就是这样热爱诗和生活，以至于那天下午，我毫不犹豫地答应老庄策划这次关于"阅·诗生活"的活动。

　　"阅·诗生活"得以顺利举办，请允许我再一次感谢著名作家舒国治先生和舒太太，感谢他们为此而付出的心力、脚力和眼力。感谢新浪总编、时尚设计界的才女戴蓓，与戴蓓分享关于生活、关于文字的过程很奇妙，仿佛认识已久，只是未通音信的知己。接下来要感谢的是新浪的老庄和刘曼琳，是他们的灵光乍现才有了这一次有趣的活动。最后我还要感谢我的同事，谢锐标、亚良、辛霞颖、周启康、郑梓健、李春颖，以及销售部和所有为本活动努力的人…… 一切的机缘都是志同而道合。

阅·诗生活诗歌比赛作品

一个春日午后的速写

｜ 未央

没有风
老墙根晒着太阳睡着了

一串杨树的毛毛虫花穗
悄悄跳进了单车车筐

一只猫眯着眼
在计算阳光和屋檐的夹角

在花树下的圈椅里打盹的老人
梦见了自己年轻的模样

坡上的汉与山里的妞

赵伟

1

年逾而立
思想日渐垂暮
没有对自己产生痛苦
却是害怕别人怀有希望

2

败落小庙
没有信徒朝奉
山间野火一场祭拜
是顽童担负了不少信仰

3

野草和野花
尽是平凡的种类
给它们起个粗鄙的名字
就叫：坡上的汉与山里的妞

4

讲了些内心的看法
有人不思则回：傻
有人不想而说：扯
更多人感觉莫名其妙：不用这么真实

5

前方没有万丈沟壑
只有一道齐眉高的栅栏
翻不过的理由绝不是筋骨老迈
而是裤子稍紧

6

彼此遥望面容
安全地相互打量
在此刻才称得上熟悉
唯剩不懂

7

每回午夜
等瞌睡来临
欣赏欢乐的书或者逗趣的视频
质疑一切可观赏的悲伤

8

晨曦透不过窗帘
可以做的是点燃饥饿
隔夜的红茶略带点酸楚
饮一口也能平复这似梦似醒间的迷惑

我还在爱着

｜ 杨康

现在，只剩下我的嘴唇爱着
空气中你那个空空的吻。但我还在爱着
我的骨头爱上了你刻下的字

我的血爱上了你的热与红
我的手还爱着你亲自捋过的头发

你走远了，我就爱上了路和暮光
原以为我会忘记。你为人妻
继而为人母，我却
那么荒唐地爱上了门和炊烟

我还在爱着，我爱上了整个人间

> 评委点评：字词的推进，颇得诗歌之节奏，是本篇之长。——舒国治

有些美不能冒犯

｜ 杨康

比如，我们坐在这里吃烤鱼
那就谈谈这条鱼的品种和味道
最多，也只能谈到旁边那桌说笑的情侣

不可以对你的美胡思乱想
我要把一个男人的本性困在体内
让我们的交谈，像一条清澈的河
哗啦啦地流。一再自我暗示
不要越过这条河流。站在对岸
看你，你的美才更美，你不仅是你
你还代替了更多的美

过往的经历告诉我，有些美不能
去冒犯，一个众所周知的常识是
玫瑰虽美，但浑身长满了刺啊

橘子，给了我酸甜的诱惑

｜ 杨康

捏在手里，就忍不住地想要
把它层层拨开。必须承认
是生活让我的欲望不断强烈
更加直接，赤裸，突兀

是的，我们也丧失了基本的
生活美学。吞噬，占有，和强暴
各种眼神交织在一起
把一个橘子逼向深秋的谷底

是橘子，给了我酸甜的诱惑
我不仅迷恋它挂在秋天的枝头
还更加回味唇齿之间留下的
酸中的甜，甜里的酸

像迷恋橘子一般。我被生活
死死地迷住了，但也仍然无法
拒绝生活酸甜的诱惑

怀念

｜金巴图

家门前的树林里，斑鸠使劲叫啊，叫
爸爸妈妈，你们再也回不来了

家园里，冒出那么多那么高的野草和树苗
爸爸妈妈，你们再也回不来了

屋檐前面，那只花猫等得瘦骨嶙峋了
爸爸妈妈，你们再也回不来了

我屋的窗扇大咧咧开着，没人搭理
爸爸妈妈，你们再也回不来了

家门前的树林里，蒲公英把小伞播完了
爸爸妈妈，你们走了，我们就四散而去了

2017年8月17日17点30分写于父亲百日祭

评委点评：读来似童言童语，竟有着淡淡的哀意。——舒国治

安然

| 陈 丽 红

天蓝绿相间
太阳晕黄
稻田无垠
麻雀轻落我肩
蜻蜓自由
安然

风在空中划下弧线
忆起火车上看到的电线平行线
也有相交瞬间
未来有多大
世界有多远
至少　我还在
而且　阳光
也依然

总会想起你，牛牛

｜ 陈丽红

总会想起你　牛牛　无论在什么时候

我到现在还能想到你　牛牛

你黑黑的头发　偶尔扎起陶艾青式的可爱的辫子

你并不很大的眼睛　总能闪出神秘的光彩

你小小厚厚的　性感的嘴唇

你圆圆小小的脸　总是泛着油腻腻的光

还有　你的并不洁白的牙　总是不听话地展示在你
　　的笑容之下

你总是套着件白或黑色的上衣　仍记得你那件白色
　　镂空T恤

你总是穿着铅笔裤　显着细细的小腿

你说你喜欢那双白色的单布鞋　即使并无其他特色

牛牛　总能想到你

到现在我还仍然记得你的一切

你对我说你的故事　大的　小的　情感的　琐碎的
　　偶遇的　坦然的

甚至有些是隐秘的

你跟我说钱　跟我说权力
我只有静寂　因为你的坦诚
还有　你的才华　你的感情肆意的文字
你的凄婉唯美的李清照　你的自由洒脱的李白
你的思想　你的风格　你一个人走路的速度
你讲话时的冷静沉稳　你看着我时的眼神
你的真实
你的要强与坚强

我想到了你　在我读到一个独行遍游各地的女子的
　　时候
小圆脸　扎起的黑发　松松的上衣　特别是那双人
　　字拖
你的特立独行

我想到了你　在我读到一个时尚界的非凡女子的时候
白或黑　镂空　铅笔裤　白色布单鞋
小厚嘴唇
你的风格

我依然会想起你　牛牛
即使远隔千里　即使这么久没有再见到过你
这么久没再听到过你　嗅到过你
可是　我还是这么熟悉　牛牛
你的名字　你的气息

马根草

| 李子

一匹奔跑的马
在山冈、弃地、陡坡
四处开疆拓域

食不果腹的年代
它是我的粮食
至今遗留在我的体内
撑起坚硬的骨骼

我也是一条马根草
远离村庄的日子
吸附城市的土壤肆意生长

忘了

| 王昊

忘了你下一刻要说的话
忘了聆听
忘了你曾拥有100度的血液流遍身体
忘了你费尽心思却也没激起任何愤怒的恶行
忘了你生来任人宰割
忘了与你交谈过的每一句回音
也忘了我吧，就像夏末迅速蒸发的那一场雨

你在八月的深夜穿上蓝色连帽衫
你的头却装在书包里
沉默原想影射你此生唯一的荣誉
你却偏偏
插了满头，撕心裂肺的鲜花。

评委点评："就像夏末迅速蒸发的那一场雨"颇是佳句。——舒国治

意

西芹艾洛特

树是一圈一圈长着年轮的
花却和蜂蝶私奔
山是记得住自己的名字的
河流却只想念海
孤独的人哪
他筹谋着每一场私奔
他也寻觅着每一片海

树留住时间的影子
山占据寂寥的旷野
而人，迷失在了远方

蜂蝶辜负了每一朵花
海早已辨不清水的流向
远方的远方依旧是远方

秋日某个夜晚的月光
照在人疲惫的脸上

睡梦里，
他的血管如树根抓地蔓延
父亲模糊的背影却伟岸如山

故乡，别来无恙

　　│子非鱼

流云
是被风吹动的，
山坡，野花，蝉鸣。
一场雨
我脚下踩着卑贱的泥，
窃窃地欢喜。

暮色中，
炊烟绕梁，
召唤着晚归的牛羊。
山高水长，
别来无恙。

> 评委点评：字少，句也短，但意象空灵，如此念起故乡，甚得意境。——舒国治

你

米的

记得
忘记
记得忘记

与阿里无关

｜杨军

阿里很高

阿里的拳头更硬

阿里的帕金森也严重

我去不了阿里

永远见不到纳木那尼峰

也无法让阿里击倒我

那让阿里走进阿里

整个阿里巍巍颤颤

象泉河的水溢出

世人都以为阿里哭泣

其实我去了阿里也见不到阿里

见了阿里我也听不到

裁判的读秒声

从10数到1

我不愿起来

鹫叮我走，哪怕有一根发掉到阿里

> 评委点评：以人名的阿里与地名的阿里交织写
> 来，有趣。——舒国治

写给曾在北大荒垦荒的岳父母

| 陈皮陈

此刻　容我瞅你们一眼
只一眼
足够凛然

越过发际线
后面　就是那个
呐喊了整整一个花甲的方阵
你我之间分明就隔着
一脸民国的英气
一扇大宅门后的妩媚
我们无论如何涂抹如何整饬
都远远比不上你们
那身草绿和那顶贝雷那般张扬

你们听腻了故事
因为你们本身就是故事

那夕阳下向康拜因手摇着白手帕的故事

那趁着狼嚎掩盖想家夜哭的故事
那被封门冰雪摧残新生花朵的故事
那跳上金黄豆垛欢呼丰收的故事

大雪无痕
来路与去路一样圣洁
所有人物在生存命题前都渺小了
所有灵魂在北大荒站台前都卸下了

我匍匐
我只会推着你们
在乍暖还寒的春风中
前行

与美女有关的哲学

陈皮陈

流水静凉。下午
时间突然哲学起来
我和你都在
探讨烟的意义

尼古丁是否姓尼
呼吸的尽处未必是云
浮与沉都与生命有关
你我间最短距离肯定不是直线

一烟有时就是一生
信与不信。由你
我也不信，尤其刚刚盛开成一盒芙蓉
我信，一水有时就是千山万水

像孩子一样

| 林子

多年前
我放下手中的喷枪
说出了偷藏的梦想
主管笑了
我也笑了。
后来的时光
我匍匐爬上这栋
很高很高的楼房
哭得
像孩子一样。

忆阅

齐济南

金色的麦子
总是充满希望向着阳光
烟斗散发出的青烟
总是在椅枕前的白发间盘旋
端过角几上摆放的茶碗
细数着树梢下落的凋敝
北方的夜
袭人的凉气
从薄裤管缓缓地向上攀爬
拉开床帷
阳光却常使人眯着眼
回头看看青砖墙下
条凳边儿上
总是有排排坐的
晒着太阳的影子
品，阅，生活
她们早已与家的味道
一同融入了我最深刻的记忆

对自己承诺

┃ 向成满

走出贫困的故土
对自己承诺　用年轻的豪情与热血
打出一片自己的蓝天　于是
我像迷路的苍蝇在城市里东投西撞
盲目穿过一个个驿站　迷失了方向
回望来时的路　终于明白
因为没有确定前进的航向
沉思　寻找生命河流的航标
重新收拾行装和理想　前进
我不再沉迷与不切实际的辉煌
在求索中　成熟
我已不再浮躁
对自己承诺　前进需要执着
只有经历磨难　才会丰富多彩
对自己承诺　生命需要风雨
只有经历风雨　方能云开日出

大树的眼睛

彭海英

一次次新鲜的疼痛
一寸寸努力的生长
一只只大大的眼睛
慢慢穿透
一层层深深的黑夜
黎明时分
薄雾升起
四周静谧
安心地闭上
浑身的眼睛
每一片树叶
静静地
轻轻地
呼吸

蝴蝶

｜范志坚

蝴蝶，蝴蝶
你的衣裳真好看
是你妈妈缝的吗

妈妈，妈妈
蝴蝶的衣裳真好看
我也想穿，我也想穿

宝贝乖，宝贝乖
快乐是世界上最美的衣裳
只要宝贝快乐
宝贝就是世界上最美的女孩儿

蝴蝶，蝴蝶
你的翅膀真好看
有了翅膀就能飞吗

妈妈，妈妈

蝴蝶的翅膀真好看
我也要飞，我也要飞

宝贝乖，宝贝乖
梦想是宝贝的翅膀
只要宝贝有了梦想
宝贝就能展翅飞翔

旅行

阮晓富

车轮摩擦着铁轨，如古风，沉静低回
雨落千里，江南山水，尽是酒味
缘何出游，看四时烟火，赏一季芳菲
小小的城，小小的我，两全其美。

写给他两周岁的散文诗

| 土豆

2015年，你出生在省人民医院
你或许不知道，门外有多少期盼的双眼
第一次当老爸，有些手忙脚乱
换完尿布喂了奶，你睡得很香甜

你的出现，让我突然喜欢上了夏天
多少个夜未眠，却感恩点滴幸福的瞬间
三翻六坐，七滚八爬在蜕变
牙牙学语，蹒跚起步很惊艳

也会想起自己的从前
爷爷奶奶常陪在身边
笑眯眯地荡着秋千
和你一样爱吃饼干

到如今整日忙得睡不了多长时间
心累憔悴，过劳肥了一大圈
咬牙顶住，为了那点奶粉钱

日后也会告诉你，他在顽强地改变

一直喜欢凝视你的小脸
是什么缘分让我们相遇入世间
就算生活能再来一遍
我依然会选择和你携手并肩

美好，总是不经意摆在眼前
陪伴，是一生的时间
平安，是值得追求的永远
加油，我们一起迎接明天

淡淡的光

| 土豆

淡呀淡呀淡的光
照在回家的路上
幽幽暗暗的花香
窸窸窣窣的鸣响
我时感庸碌彷徨
也经常无助迷茫
走在闷热的街上
望望点点的星光
只愿打开那扇窗
透过温馨的明亮
轻抚可爱的脸庞
凝视无邪的目光
拥有你变得敞亮
内心上更加坦荡
也会拼搏也会闯
因为守你在心上

评委点评：整首诗皆押韵，又皆是同长的七言，
反而限制了发挥。——舒国治

深浅的时光

｜ 谭凤爱

不知不觉已是秋，
一度以为过不去的坎，
已然成了过去。
不沉溺过去，
不畏惧将来，
时光，总予以人曙光般的温暖……

母亲

｜宁盛喜

在我最早的记忆深处
我最想牵回天真的童年
假如只给我一次机会
我却想牵住您温润的指尖
不想让两张粗粝的砂纸
擦破您沟壑满布的脸
假如岁月再对我眷顾
我还想将您的秀发拢至双肩
不想让落满头顶的霜花
刺痛我与您，对望的双眼

结局

| 何冠生

路灯照亮了街道
却驱散不走我的悲伤
奈何岁月无情
这次分别
会在哪个路口重逢
又或者是
后会无期
我迷失在黑白世界
大概是疯了吧
如若在春天将回忆种下
秋天会不会收获更多
背影渐远
而我还在原地
等待着属于你我的美丽结局

远方

黄 鑫

我是一只小蚂蚁
我想要去远方
群蚁笑
快看啊那小家伙想去远方
父母说
孩子啊这蚁窝多舒服
我狂吼地推开挡在蚁窝前的石头
我要自由
却弄断了前肢
我不认输
跨过山和大海
披着霞光星辰
嗨，看啊！
我来到了远方
这有不同于故乡的美丽石头
剩下的前肢欣喜地推开
露出一个蚁窝

仙湖夏行

肖晓琼

彩蝶舞花海，绿藤绕松柏。
翠荷生碧潭，玉桥伏清湾。
奇花伴异草，木舟逐水流。
高塔林中立，佛寺山里藏。
蝶谷内觅蝶，湖畔边踏湖。
俯可赏幽兰，仰可望青山。
云破鹤高飞，风起花远香。
晚霞映澄塘，夜月射凉江。

时光

程玉霞

很长一段时间不再写大段大段的文字了，生活简单
  又安静。
没有什么可以用逻辑文字去堆砌，如此心境便也适
  得其所。
然而时间是一场胶片电影，颗粒分明。
想着记忆中后院的老树，每当鸟儿停在上面都会有
  吱呀吱呀的声音，
听着听着，就带走了整段的时光。
我们很快地长大，便也有了更多的牵挂。
我希望可以一直说，我喜欢现在的自己。
等时间荒芜，铅华尽失。平淡、安然是我们最奢侈
  的事情。

回

| 黄国瑞

为了工作，多日无眠。
归心似箭。
明月照回程，徐风扶我归。
走过的繁华闹市，
又怎及家门打开的那一眼——
家里的人都等着我，
等着我一起喝碗热汤。
一桌上，
说的话满是牵挂。
感动，又是心痛。
不记得是什么时候开始，
责怪变了唠叨。
都变了。
岁月带走了我很多很多的美好，
就像那只从窗台上飞走的山雀，
再不飞回。
躲在冲凉房里，
泪水和花洒淋过的水兑成了心里的一句自责：
"衰仔，又让父母担心了。"

那一双发辫

｜ 彭海英

一双小发辫
乌黑柔软
甩在闺女的肩头
欢跃了春天
舞起了月光

原来啊
这一双发辫
又黑又亮
留在妈妈的头上
在恋人的心窝里
轻轻飞扬

最初啊
这一双发辫
又粗又长
垂在外婆的背上
低眉颔首
正是那羞涩的新娘

家的方向

胡光旭

回家路漫长，
肩背己行囊，
匆匆赶车忙，
只因思家乡。

建军90周年退役老兵随笔

| 熊海深

已是凌晨一点
我不是无聊，也不是失眠；
每年的今天，
是我们穿过军装的人的期盼，
是我们的盛典；
此时此刻的我，
好想再穿上军装，
戴上帽徽和军衔；
虽已略显单薄，
却也不失威严；
因为在退役后的日子里，
我从未忘记军人的宗旨，
更未丢失军人的尊严；
如果有那么一天，
只要祖国召唤，
不管身在何处，
誓为军旗增辉！
为军装添彩！

思

│ 葛小辫

我心溢满相思苦，
好梦难圆泪水涟。
想念如洪情怎续，
你还扰乱我心田。

乡村，秋天的早晨

徐沛

恰若地上洒满椿树的叶子
恰若枝头仅剩长长的叶梗
恰若叶梗轻轻掉下来
恰若啪嗒一声，叶梗敲打
树叶的响声
恰若我一下意识到
这是秋天的早晨
恰若我突然想到
你，像一首写远古秋色的
小令

矜持的美

| 徐月飞

临睡前我想起了
小时候老家的小花坛
水泥简单地浇铸围圈
略显粗糙
种着
美人蕉　鸡冠花　栀子花
月季花　一串红　夜来香
艳丽与清香
不缺花的特质
盛开有序
不失质朴
最爱清晨的栀子花
还原清晨的美好
噙满晨露
温润洁净
不惜溢出花香
这是一种矜持的美
适宜的释放与承载

去成就
属于质朴花丛的清晨

> 评委点评：意象稍显零碎。——舒国治

无声的夜

｜刘北方

你黑色的背影
对着黑色的夜喊叫
——无声的呐喊
惊得树下寂静的夜直跳。

玻璃的天穹破碎
留下大地在咆哮
——无声的抱怨
黑夜的旅人无依无靠。

你站在路灯下
向黑暗中远眺。
许久，
你走了
留下了一个笑
——无声的祝愿

那个从梦里走出来的孩子，会亲吻我

白仁飞

春风你不要吹拂我
不要让我的脸上生出蒲公英、蜜糖和爱
那个从梦里走出来的孩子，会亲吻我
呵！像花瓣落到水面上，像月亮念诗给天空
一秒钟，就用光了春天所有的形容词

孩子停下，不要了，我爱你！
无论薄荷，还是百合
蜜桃还是苹果
唯有爱才能阻止爱
唯有春天才能打败春天

你是我身体的另一半瓷器，轻拿轻放
你是我的一枚印章、半亩方塘
你就是我
是我的前半生
是云，是月，是星光

钗头凤·中秋

| 土豆

月儿圆，孔明起
眼中美景千万里

乡愁薄，梦依稀
漫漫长路难追忆

谁鬓间，银丝急
万家灯火也疏离

执伊手，总清晰
天长地久有归期

水中镜子

| 蒋乐

我看向水中镜子
水中镜子看向我

我是镜子的看客
镜子是我的雕刻

距离

蒋斌

我们之间的距离
有一千里
如果多一天
会增加一万里
你站在我的面前
不到一米
我是被阻隔的
空气

微笑是岁月的花开

伍翠娟

微笑是岁月的花开，
不需沃土的培育，
不要雨露的滋养，
她植根于美好的心灵，
绽放在人们的脸上，
散发沁人的芳香。

微笑是岁月的花开，
不分四季，不论地域，
盛开于时光的深处，
任岁月荏苒，任世事沧桑，
她亦安之若素，温暖如初。

微笑是岁月的花开，
开出锦瑟，开到荼蘼，
时光可以流逝，容颜可以老去，
唯有微笑常驻心中，
温馨一个又一个年轮。

微笑是岁月的花开，
花开无声，花落无痕，
年华虽易逝，世事虽无常，
她仍怀着一分素色的恬淡，
守着一分清透的坦然。

掬一捧岁月，
盈一眸浅笑，
期许一场花开的绚烂，
静赏一场花落的淡然，
惟愿心中有花，
岁月便无处不是风景。

小板凳

梁少宝

80年代出生于广东的我，
从小有一张妈妈陪嫁的小板凳，
枣红色的漆面，长60厘米，宽15厘米，高30厘米，
它是我小时候的生活必需品。

那年代，每家每户都有一张小板凳，
我妈妈是个传统的中国妇女，
记忆中妈妈每天坐着小板凳给家人洗衣服，给子女
　洗澡擦屁股，
各种生活日常都少不了小板凳，小板凳是妈妈的好
　帮手。

从小个子不高的我，
每当妈妈给我们做各种好吃的糕点，
我踩着小板凳，踮起脚偷偷尝一口，乐得合不拢
　嘴；
小板凳是我的好帮手。

上学后，我学业以外的时间，
妈妈手把手教我中国传统的习俗、各式糕点菜式、
　　各种家务活儿，
家风一代代传承，我坐着小板凳学习，
小板凳见证了我的成长，它是我的小伙伴。

成长的进度有点急，
学习、工作，被各种科技进步吸引，
渐渐地我遗忘了儿时的好伙伴——小板凳。

前不久，一个良师益友给我儿子送来一张小板凳，
让我想起曾经天天陪我吃饭学习玩乐现在已经掉漆
　　的小板凳，
让我想起那些小板凳陪伴我成长中各种甜甜酸酸的
　　日子，
让我想起这些年来自己求学、工作、结婚、生子却
　　遗忘了头发早已银白的父母。

时光流逝，我的小板凳见证我的成长，
岁月不回头，我的小板凳见证父母风华正茂的流逝，
儿子收到的小板凳，对于我来说意义非凡，
有一分爱不释手的爱惜，有一种突如其来的幸福，
　　有一分孝德传承的力量。

当我要送挚友女儿新生礼物时，首先想起定制一张
　刻字小板凳"打打"，
愿她的专属小板凳陪伴她健康快乐成长，
愿幸福小板凳一代传给一代人，见证父母的爱！

想念，九点朋友圈里你模糊的身影

| Alisa

台风走后的早晨七点
阳光和风撑开了我的睡眼
翻开九点的朋友圈
看到三个小时前你的动态
照片里模糊的身影，好熟悉

我们似乎有一样的天气
也有类似的匆忙的行程
模糊了的是你眼角的皱纹
放不下的
是此刻这头微微刺痛的心情

努力放大却依旧看不清的表情
是精神还是疲惫
你不说，我也不言语
只道是，越来越想念
记忆里熟悉又模糊的身影

茶：缘起

赵瑞

还记得吗
南山上枝头的那一抹嫩绿
初见，却早已满心欢喜
你温热的掌心轻抚
却未曾觉察我的欣喜

也曾无忧无虑
只懂得与风雨游戏
与夕阳朝霞捉迷藏
当你转身而去
这一切都变得无趣

不再想你
却看到青山与绿水偎依
却听到阳光与微风耳语

拼命脱离
只期重遇

一次次光与火的考验
也不能阻止寻你

与你一步之遥的距离
却惊觉早已无昨日的美丽
让黯然的身躯
沉眠于罐底
以为从此可以忘记

已数不清第几回春秋
已记不起身在何处　心有何依
梦醒于重见天日时你的一声赞许
愿意接受炽热的水的洗礼
唤醒片片新绿
为你舞姿蹁跹
看你目光如炬
你能否读懂我
轻盈背后的情深和际遇

浅尝　似曾相识　却无从说起
唇齿留香　回味悠长
苦尽甘来
是我最后对你的心语

饮茶思源

伍尚斌

茶马古道，
驿站过客，
总现一亭，
置茶一壶，
礼者谦问："汝有胆喝？"
义者举杯便饮，
仁者曰："是喝勇气。"
智者回："平常。"
信者答："信仰。"
五人相视而笑。

雅属

伍尚斌

百花齐放艳阳春，
雪后凝香最动人，
更上层楼千里目，
喜迎风信一番新，
细飘杏雨花如锦，
洒向人间酒尽醇。

笔赋

伍尚斌

怀念过去，
献给旧的画笔，
新的代替旧的。
得到莫忘失去，
再出发仍回首。

武隆行

| 伍尚斌

差旅至渝，
途经武隆。
一路崇山峻岭，
过往重水之灵动，
轻山之内秀。
在前行中重新审视，
表象木讷之山潜伏张力，
洗涤了灵魂，
内心渐渐坚强。
开始觉得，
要慢慢善于，
在平凡中发现对方的不平凡。

注："武隆"为重庆市武隆区。

广场舞

李桂平

白发初相识，不谈伤与悲。
旧弦弹新曲，歌舞正当时。

相思恨

｜李桂平

故人传微信，有泪却无言。
一首相思恨，依旧似从前。

如梦令

李桂平

曾把少年余勇，奋将红旗舞动。
仍记别离时，谁喊哥哥珍重。
如梦，如梦，教堂钟声最痛。

关于爱情

徐永兰

母亲，年轻时爱看琼瑶的电视剧，
常常，她唱着电视剧里的歌曲哄我入睡，
常常，她给我讲里面的故事。

我太小，她觉得那只是说给她自己听。
但，无论我是否真的明白，
她的表情，
她的情感，
她的歌声，已让我体会她的感受。

长大后，我有了自己的爱情，
她美好，亦残缺
她幸福，亦痛苦。

经历过方明白，
深夜里，用手可以触摸到的那个人，
才是爱情。

他不神圣，亦不伟大
他真实，让心踏实
他坚实，可依靠
他平淡，是生活

前世因果，今生相遇
婆娑世界，相互厮守
愿来世，不轮回

相思

| 徐静云

夜已阑珊

人初静

轻唤一声

Yunna亲爱的

我们虽距千山重重

但

此生来世

来世此生

我们相依相偎

我们野鹤闲云

我们不离永不弃

云

| 吴绵俊

云是一位驯兽师
能让各种动物安静乖巧
牛羊狗，虎狮豹
无所不能

云是一位运动健将
走遍大江南北
天涯海角
从不疲劳
云的本领确实大

有你的城市

| 杨海曼

当你的城市下雨了
它在催你回家
把雨伞和烦恼挂在门把上
让凉意和疲惫溶进姜汤

当你的城市起风了
解开你的长发与它玩耍
它能折断桅杆
更擅长吹散雾霭

当你的城市雪停了
与层层的糖霜隔着窗
给我写封信好吗
就埋在去年的橡树下

大小我

| 何泽民

粉饰的大我，招摇过市
本真的小我，阴暗潮湿

大我面朝阳光
小我缩进黑影
不是每天都要面对阳光奔跑
有时也需要躲在黑影里
渺小，不必装伟大

大我，鄙视小我的堕落
小我，憎恶大我的虚伪

偶遇

李静兰

如果时光倒退一万年，
我们都是平等的孩子，
我们会不会认识，
还是认识
却不相知。
我会扬起我俏皮的眼眸，
众里寻你，
寻你，
寻你，
若你来了，
我便藏起。

我的脚踏凳

| 林肖娟

在匆匆的岁月中，
我们都在忙碌着。

人生的长河里，
发生着许许多多的变化。

生活在这样一个极速的年代，
很多东西让我们眷恋，
亦有很多东西让我们觉得遗憾。

比如，爱的感觉
比如，幸福的感觉
又比如，心碎的感觉

有时仿佛耳畔还响着儿时的笑声。
却又遥不可及。

中年后，

我们好像在不停地寻觅着某些东西，
但似乎他又一直在我们身边，
只是难以捉摸……

蓦然回首，
发现当年在自己怀中的孩子已长大成人。

人生就是如此，
一代又一代，
外婆的脚踏凳，
妈妈的脚踏凳，
自己的脚踏凳。

现在，孩子在玩耍着我的脚踏凳。

当遇上阅梨的"打打凳"时，
一种莫名的温暖涌上心头。
仿佛看见自己的孩子从牙牙学语，
到步履蹒跚。
这陪伴的多少个白天和夜晚，
好像，就在昨天。

这，又一次让我体会了爱的感觉，
还有，幸福的感觉。

白沫

陈金贵

我是狂浪里迸发的唯一生命白沫，
飞流直下刺眼的东西给了我颜色，
我知道，我生命里有了光；
还没来得及对妈妈说"我爱你"，
就被强厚的气流，一下推向远方，
我管它叫风；

风让我身上块块皲裂的痛，
恍然才发现光也在瓜分我的肌肤；

一只黄色的，哦，我竟叫它蝴蝶，
它舞着，又停留在一棵青草上；
咦，绿叶上也有一颗和我相似的珠泡，但它绿得发光，
啊啊!原来我在无边的绿光森林里，
我快要看不清了，快要消散了，
咣……
啊，我也有了绿光，有了伙伴，有了家。

乌云

| 李健行

烈日他不说我，
只用炎炎的热浪痛斥我的每块肌肤；
寒冷他不说我，
只用冷冷的光谴责我的双目；

走在人行道上，他们只从我身上掠过；
走在黑暗小巷里，夜曲也只停在我经过的地方；

倘若我是来自地下的魂，我还可以肆无忌惮地咆哮；
但若我是人，我可以孤傲此生；
愿我是一只鸟，我只想居于森林；
故我是这世间无常的乌云，如幻如影；

我释放消散而又集结成魔，
我无法控制我的力量，我总是无法选择，
我竟什么都不是，却也什么都是，
我只伴雨泪下，惘然至此。

风的孩子

| 赵行林

晶莹的汗珠堵住了
喊叫的喉咙，眼泪
呛了语言的小耗子
在那个山头，一直张望
粉红色的云慢慢折叠起
希望，不哭，数起手指
那里的奶香，陶醉了宽大的衣裳
嗨，小家伙，全部身体伏进风中谁的裙摆

晨思

｜ Norla

阳光透过窗纱
把温暖注满房间
浮尘欢快地跳跃
享受朝霞的抚摸
喧嚣安寂了整宿
你的名字
却穿越我的失眠
彻夜狂舞
我在燃烧的思念下
沉默不语
终究逃不出夜的魔力

你说彼此的挂念
挺好
于是，我把你姓氏的烈火
在我大脑的榕树下
扑灭
假装
一切安好

小凳

星辰

小凳
倚在冰凉冰凉的石阶
黑漆漆的
冷风在黑中高蹈
静悄悄的
宁静在夜中归宿
听着星星唱的摇篮曲
它
睡了

无题

| 衡山

唯有这连绵的雨
还有幼时暑期的模样

那时的雨
连绵里有漫长的时间
可以细细地读本长篇
可以充分地幻想
那时的父母
撑得起好大一片天
还年轻而健壮
那时的姊妹
脸庞红润　枝叶招展
生命力泼辣辣的强
那时的桐树林
碧绿树叶苍穹　草果间杂其中
是我乐趣无穷的天堂
那时的我
还做着年少轻狂的梦

说，给个县长也不屑于当

如今回头
恍如隔世
远得令人哀伤

姐姐

冯芬

你是我的谁？
是头儿，是朋友，
好像就是我姐姐。

因梦想，
你我相识，虽还未结果；
因相信，
你我驻足，我却放了手。

二十二年前的我，
童年无趣，
青年无伴；
两年间的我，
尝百味，生活有料，
品人生，生命有度。

"姐姐"
不知这一呼，

能否让我有理由
黏你一辈子；
似乎唯有她，
能让你我情义长存。

"尽量"

｜ 阿三

不用"尽量"二字，我唯恐此生不够卖力
许我厌恶，许我清凉一生，许我醉生梦死
挽回黄昏的时候，倒下的麦子
别出一道聚拢的谦卑

外婆说，麦子全倒了。风压过来
在做梦——把身体一一打开
敞着叛逆
"我拒绝了爱情，却引来了一场杀身之祸"

太阳一直白，却没有人比我更黑
暗过压住亮过
小麦的肤色创造面朝黄土背朝天的谣言
我从泥层出发，等小麦长好
再回归泥层

你做什么都是和风一样
我，我们的一切被你用怜悯和错失花掉

高高抬起。你一吹，风加把劲儿
便什么都没了

后来我明白了一些无理和虚无
明白外婆家斜坡的麦子和田沟间的水井
樱桃枝布满蚂蚁，尽量避开生活的影子

呀，你别用"尽量"二字
在人间你是尽不了量
也尽不完量的

在思念中长大

｜高少雄

转眼间

离家已近两年

我在黄浦江这边，家在秦岭那边

我说要看大山大水

大山在家那边，大水在我身边

远方的天空看不见秦岭的身影

身边的江里时常映着家的模样

爸爸手里还夹着一根烟

妈妈在有我的梦里流连

想起姐姐将要嫁人的甜蜜笑脸

我却被突如其来的泪水

霸占了双眼

翻过一座山又跨过一条江

西北的月亮赶不走我的慌张

爸爸的烟缭绕在我的指尖

思念我的人啊，快看

我长大了

别不像自己

| 土豆

每晚，望着浴室镜子里的身躯
白发和肚腩是令人厌恶的痕迹
疲惫和虚伪被凉水暂时抹去
那一刻好像回归了一点真实的自己
太阳每天都照常升起
驾轻就熟跑着龙套靠着演技
不是想和平庸为敌
只是对现状无能为力
突然在想，别把自己变得不像自己
天性是你人生最有逻辑的编剧
一些人某些事不用太在意
用最舒服的姿势拥抱自己

一棵树

｜ 有度先生

我是一棵金色的树
金色里有个大树洞
树洞里住着红头发男孩
他说我想变成一棵树
站在三月的春日里

我是一棵绿色的树
绿叶子垂满枝头
七月流火的阳光里
送一片清凉给路人

我是一棵粉色的树
粉枝头撑起一片圆
圆枝头坐着长头发女孩
她说我想变成一棵树
睡在九月的秋风里

不会写诗

子一

我不会写诗，就算读了海子顾城仓央嘉措，我依
　旧不会写诗。
我想写诗，像会歌唱的鸟儿一样，流淌出内心的
　歌谣。
我不会写诗，漂浮在21楼的思绪不断思索，我依
　旧不会写诗。
我想写诗，像会画画的花儿一样，流淌出内心的
　色彩。
我想写诗，可是我不会写诗。
嘘！别告诉大家，左脑右脑在争吵，它们吓跑了
　会跳舞的小方块。

方月亮

| 子一

一束月光的力量
让一滴露水从叶子上落下
一口月光的味道
让一颗心从此岸到达彼岸
我有六便士想买一颗圆月亮
圆月亮被井边的猴子捞起来
只剩下孤单的方月亮跟我走

我与地坛

| 娜美

抚摸着方泽殿城墙上的琉璃瓦
耳边回想起史铁生的声声叹息
他说：此岸永远是残缺的
　　　　否则彼岸就要坍塌
轻轻拾起一枚雨后的银杏落叶
翠绿得仿佛要滴出生命的汁液
今天咖啡馆的名字叫我与地坛
昨夜后海卖书的女人坐着轮椅

一万座城池的一盏灯火

| 陆承

我点燃它，它呼应我。
这嘈杂的修辞里，田螺涌动，梦幻成空，
还有多少羽翼来不及飞翔就坠落。

我领受它，一点点弥漫，
占据心灵的大部分忧伤和感慨。

是啼哭、关照，
是命运里必然的残忍和温润。

我投身为灯，照亮自己，
也照耀这并不完美却蕴含了万千期许的旅途。

后记：关于写诗这件不合时宜的事

| 庄承浩

我们做了一场诗歌比赛，为此，我们还请了作家舒国治当评委，没错，就是梁文道眼里"最会玩又最会讲故事"的舒国治。

我知道，你想告诉我，现在还有人写诗吗？诗歌已经赢不了姑娘的芳心，骗不了兄弟的酒肉，连读诗的都凤毛麟角。你说的都对，但是，这也许就是我们做这场诗歌比赛的意义。

我们已经忘了生活还可以有诗这回事。

很多企业和机构名义上与"生活"息息相关，也一直在宣扬所谓好的生活方式，但是，恰恰是在生活这件事上，他们精神上是巨人，行动上却是矮子。自己在卖生活方式，却逼着员工业绩说话，效率说话，崇尚加班，崇尚工作就是生活。更可悲的是，员工有时也自主做了同样的选择。

没错，国人都认为我们正处于"高速发展"的状态，每个人都应该奔跑。机场书店里，摆得最多的都是关于成功学的畅销书，屏幕里播放的都是成功人士慷慨激昂的演讲。仿佛，奔跑就是生活的全部意义。在某些时刻，我们很像实验室里奔跑的小白鼠。

所以，关于写诗这件不合时宜的事，只好由我们来发起了。

我们说的诗歌，并不是什么高深莫测的文学体裁，没有复杂的韵律技法要求，没有让人望而生畏的门槛；我们只是提倡重新找回写诗、读诗的能力和行为，只是想提醒读者诸君在奔跑过程中，也能看看沿路的风景，多一点阅读，多几分思考。

我们约了作家舒国治先生，《阅生活》杂志出版人、"诗人设计师"麦子，新浪家居总编戴蓓，在2017年8月15日共同启动此次诗歌比赛。想不到，预告消息在发布会前10天放出去，我的邮箱就开始陆续收到投稿的诗文。到了8月15日当天，其实已经收到近20首诗。这让我颇为讶异，同时也有些感动。本以为诗歌已经离我们越来越远，没想到她一直在我们身边。

一个多月的征稿时间里，我们总共收到200多首诗歌，数量也许不算多，但足见国人对写诗这件事还是充满热情的。投稿人中，有专业作家、诗人，也有明显只是热爱诗歌，有表达欲望的非专业写作者。有参赛者在邮件中表示：等待类似的比赛已经很久了，现在终于可以将诗歌发布在朋友圈之外的地方。我只能回一句：抱歉，让你久等了，愿诗歌一直与你的生活同在。